… COLLECTION " SCRIPTA BRE…

JEAN MORÉAS

Paysages et Sentiments

PARIS
BIBLIOTHÈQUE INTERNATIONALE D'ÉDITION
E. SANSOT et Cie
53, rue St-André-des-Arts, 53
[illegible]

Chartres. — Imprimerie Ed. GARNIER, 15, rue Noël-Ballay.

PAYSAGES

et

SENTIMENTS

DU MÊME AUTEUR

LES STANCES.

IPHIGÉNIE.

CONTES DE LA VIEILLE FRANCE.

FEUILLETS.

JEAN MORÉAS

Paysages

et

Sentiments

PARIS
BIBLIOTHÈQUE INTERNATIONALE D'ÉDITION
E. SANSOT et Cie
53, Rue St-André-des-Arts, 53

1906

Il a été tiré de cet ouvrage dix exemplaires sur Japon impérial numérotés de 1 à 10 et douze exemplaires sur Hollande numérotés de 11 à 22.

N°

PAYSAGES

ET

SENTIMENTS

HENRY BECQUE

Je disais avec tristesse: La vie a trahi Henry Becque ; je crains que la mort ne se moque de lui.

Je tâcherai de m'expliquer :

Celui qui s'élève dans les hautes sphères de l'art, un Milton, un Corneille, s'il coule des jours malheureux, goûtera, dans son infortune même, une infinie douceur. Il se plaint, sans doute, et maudit son siècle. Cependant, en dépit de ces heures de faiblesse humaine, l'orgueil le soutient secrètement et lui rend déjà l'avenir visible. Je parle du noble et légitime orgueil et non de cette passion équivoque qui n'en prend que les vaines apparences. Et je suis certain que peu de gens éprouvent en réalité ce véritable orgueil, au point d'en être secourus.

1.

Ce que la vertu a de plus délicieux formait la nature de Becque. Il avait conscience de son grand mérite ; mais n'avait-il pas aussi, au fond de son cœur, comme un pressentiment de sa destinée ? Il songeait peut-être que la Comédie bourgeoise, où il excellait, doit obtenir sa récompense du vivant de l'auteur, et que se fier, en pareil cas, à la postérité, c'est bâtir sur le sable.

C'est pour ces raisons que je disais avec tristesse : La vie a trahi Henry Becque ; je crains que la mort ne se moque de lui.

En écrivant ses polémiques, Becque s'exprime toujours dans l'amertume de son âme, malgré la certitude qu'il pouvait avoir d'être le premier de son temps dans le genre littéraire qui lui était échu. Vous voudriez qu'il y trouvât un sûr remède contre d'injustes attaques ; le moyen ?

Je vous le dis, les *genres* existent.

Réjouissons-nous cependant de voir la *Parisienne* reprise au théâtre, et la mémoire de Becque agitée un instant avec respect par quelques-uns de ses anciens détracteurs précisément. C'est une fiche de consolation.

*
* *

Je rencontrais souvent Henry Becque pendant les dernières années de sa vie. Il me témoignait beaucoup d'affection. Ne sentait-il pas que j'étais plus bête que lui dans la pratique de l'existence ?

J'aimais ses causeries familières. Il avait en parlant l'air de tirer de l'arc ; mais son rire n'était pas méchant, il me semble. Ce n'était que de l'agacement.

Ses mots cruels partaient d'un dépit bon enfant, et l'on écoutait Becque comme il s'écoutait, avec plaisir.

A vrai dire, il avait du goût pour le *potin*, mais élégant, et filé de préférence, j'imagine, en compagnie de quelque dame sur le retour, tirée à quatre épingles et spirituelle. Ce penchant de Becque pour le potin a-t-il fait peur à l'Académie, le jour où il voulut en être ? La conversation que j'eus, dans le temps, avec un académicien qui ne détestait point l'auteur de la *Parisienne*, m'induit à le croire. Euh ! euh ! si notre Becque était bon enfant, il ne laissait pas d'être aussi un enfant terrible.

*
* *

Lamartine disait au versificateur de *Némésis* qui avait essayé de le piquer par des railleries :

... j'aurai vidé la coupe d'amertume
Sans que ma lèvre même en garde un souvenir...

Becque gardait l'amertume sur ses lèvres, et passait la langue dessus avec une grimace.

Mais c'était d'un air de noblesse.

Dans ses œuvres, il n'est pas pamphlétaire comme Beaumarchais. C'est un Le Sage plus élégant, moins borné, avec une certaine capacité d'abstraire, qui le rapproche de l'auteur du *Misanthrope*.

*
* *

... Je me rappelle Henry Becque entrant au bureau de tabac pour acheter des *brevas*... Il aimait la vie jusque dans ses moindres détails. Mais ce n'était pas un jouisseur. Il aimait même sa propre vie — sombre vie — comme un amusement. Voilà l'*artiste-né*.

Quelle fut la vie amoureuse de Becque ? Je l'ignore. On a publié des vers de lui sur une rupture. Ils sont mauvais. Il sentait beaucoup, mais pas en poète.

Je crois — c'est une de ces suppositions que j'aime à forger et que je donne pour ce qu'elles valent — je crois que Becque n'était pas un amoureux vrai.

Une nuit pourtant que nous descendions en flânant l'avenue de l'Opéra, il se mit à me raconter les péripéties (cabinet particulier et mystère) d'une intrigue renouée, d'un regain d'amour. Il paraissait être aux anges, et il riait de son bon rire.

Je n'en démords pas. Le commerce des femmes plaisait fort à Becque, je le veux bien. Mais l'esprit y balançait souvent le cœur.

*
* *

Connaissez-vous : *Souvenirs d'un auteur dramatique* ? C'est un recueil d'articles où coulent librement : la gaminerie satirique, la gaîté, un peu forcée, la bonhomie, très réelle, le sentimentalisme, assez romance — ma foi ! — de Becque.

On rencontre avec plaisir, dans certaines pages de ce livre, la verve, l'entrain, le franc-parler, le coup de boutoir de l'auteur de la *Parisienne*, et l'on regrette que les *Polichinelles* soient demeurés en état d'ébauche. Becque y passe au fil de sa langue tous ses ennemis. Et ce n'est point là quelque fade raillerie ; et la mauvaise humeur y prend de la grâce. Toutefois, nous n'en sommes pas intéressés constamment. Le temps a touché ces choses et ces figures : elles s'effacent déjà. A part Sarcey ou Claretie, qui se souvient à présent des autres victimes de Becque ? O Raymond Deslandes, ô Charles de La Rounat, ô Henri Lavoix, ombres vaines !

Je me répéterai presque, en disant que le vrai Becque était bien supérieur à sa façon de considérer les incidents de la vie. Avec un peu plus de généralisation, l'importance de tous ces petits faits aurait pu, sans doute, gagner en durée. Tandis qu'il ne nous reste, de la sorte, que la cendre de la colère de Becque.

Mais n'allez pas croire que tout est à négliger dans les *Souvenirs d'un auteur dramatique* ! Entre ces feuillets, plus d'un morceau a conservé sa première vivacité. Le piquant et le tendre y alternent de façon curieuse et nous renseignent sur la psychologie d'un homme de grand mérite.

*
* *

Henry Becque avait posé sa candidature à l'Académie ; Verlaine brûlait de le faire. Le premier était la correction même, plein de scrupules, et, malgré son esprit et ses allures dégagées, très soucieux du qu'en-dira-t-on. L'autre a vécu en *enfant perdu*, et il a fini dans l'ivrognerie et dans la crasse. Eh bien ! ces deux hommes avaient — outre leur génie — des traits de ressemblance. C'étaient des bourgeois français, dans le meilleur sens du mot, respectueux de l'ordre et même des préjugés. On l'admettra facilement pour Becque ; et quant à Verlaine, je garantis que s'il eut maille à partir avec la justice, il ne lui en garda point rancune. Vraiment, il avait un faible pour la magistrature et la gendarmerie.

*
* *

... Un professeur qui se mêle de théâtre éprouve-t-il la plus grande émotion de sa vie le jour où il parvient à franchir le seuil d'une loge d'actrice? Becque l'affirme. Il avait une haute estime pour l'esprit et le talent de Weiss : mais il ne l'a pas raté. Il cite de lui cette exclamation fort ridicule : « Je ne passe jamais devant les Variétés sans ressentir le frisson de la vie parisienne! »

... Voici un joli mot de Becque sur une critique dénuée de loyauté : « Cela est fait de main de traître. »

L'AUTOMNE

L'Automne va céder à l'Hiver, et, bientôt, les derniers rayons de novembre s'éteindront avec mélancolie.

Douce et féconde saison, ô déesse! déjà les pampres de ta chevelure se délient et la belle grappe de raisin que lève ta dextre s'égrène à tes pieds. Les présents que tu offres aux mortels n'envahissent plus tes corbeilles et les cris joyeux de la vendange ont cessé de retentir autour de la cuve. Tes satyres et tes faunes regagneront leurs antres, et tes nymphes aux blanches épaules quitteront les bords des ruisseaux où elles aimaient à nouer des danses harmonieuses. Une fois encore ta tunique couleur de feuilles de vigne s'est fanée. Nous n'irons plus rêver dans les bois profonds, un livre à la main; nous nous accouderons près de l'âtre et sous la lampe.

Le chasseur chanté par les poètes ne portera plus ses pas rapides le long des prairies ; il ne lancera plus sa meute docile sur le lièvre et le daim craintifs. Ah ! qu'il avait de plaisir à prendre dans un piège le loup belliqueux et le renard retors, ou bien à découvrir dans les roseaux du fleuve l'ichneumon et le chat sauvage. Puis il emportait chez lui, en riant, le corps couvert d'épines d'un hérisson souple.

Avant que le Borée ne sème les funestes frimas, il me plaît de remémorer la vendange et de faire revibrer à ma façon la syrinx de Calpurnius :

... Des satyres joufflus la folâtre cohorte
Saisit la coupe alors que le hasard apporte :
L'un dans la corne courbe a savouré le vin,
Pour boire l'autre n'a que le creux de sa main.
Sur la cuve penché, j'entends cet autre encore
Qui pompe la liqueur d'une bouche sonore ;
Et quelques-uns, là-bas, sur le dos renversés,
S'inondent des raisins qu'eux-mêmes ont pressés :
De la grappe crevée, un jus de bon augure,
A force jaillissant, barbouille leur figure...

Les anciens célébraient l'Automne non sans tendresse, mais avec sérénité. Maintenant, quand l'humide Auster tourbillonne, nous nous envolons, dans les sentiers désolés, avec les feuilles mortes, et nous nous accoudons près des eaux assombries où elles pourrissent.

Sommes-nous les victimes de l'anglais Thomson et de son élève Jean-Jacques? Que dis-je! Notre âme a pris le pli. Nous ne pouvons pas être infidèles à notre âme. Efforçons-nous seulement à tirer un peu de beauté de ses caprices et de sa folie.

Le divin Chénier, né d'une mère grecque, se laissait aussi trop alanguir. Au bord d'un fleuve pur, sous de beaux feuillages, il inclinait sa tête sur son sein, et il évoquait des fantômes :

Ces fantômes si beaux, de nos cœurs tant aimés...

Lamartine qui, n'ayant presque que la poétique de Parny sous la main, sut s'élever au zénith de l'inspiration et s'épancher, comme Virgile, en grand fleuve d'harmonie, a voulu mêler son âme avec les derniers soupirs du vent du soir dans les pampres, ou avec la lueur du dernier rayon de l'année sur les sommets rosés de neige des montagnes. Il a subi toutes nos modernes langueurs de l'Automne :

Salut, bois couronnés d'un reste de verdure !
Feuillages jaunissants sur les gazons épars !
Salut, derniers beaux jours ! le deuil de la nature
Convient à la douleur et plaît à mes regards.

L'*Automne* de Lamartine est une composition de sa jeunesse. Il produisit plus tard des strophes plus fortes. Toutefois, il est permis de penser que ses premiers ouvrages, dans leur ensemble, sont, peut-être, les meilleurs. Il faut le regretter, car, en matière d'art, si la jeunesse comporte tous les charmes, elle manque souvent de véritable solidité. On peut dire qu'elle ne creuse pas en profondeur, même dans les conditions les plus favorables.

Cent répugnances m'éloignent de Victor Hugo. Cependant, lui, s'est développé régulièrement jusqu'à un âge avancé. Voilà pourquoi certaines de ses poésies lyriques, dans les *Contemplations*, par exemple, nous bouleversent *avec autorité*.

*
* *

Baudelaire était un fervent de l'arrière-saison. Avec lui, l'Automne entre dans les vieux appartements pleins de moisissure, dans les cours noires des maisons, où s'entasse le bois pour l'hiver. Loin des futaies que le vent dépouille et fait craquer, il préfère se lamenter avec les girouettes et dans les gouttières. L'Automne de Baudelaire se mêle aux intrigues et aux artifices du cœur. Il ne s'habille pas des classiques feuilles mortes, mais de robes bizarres ; il met du fard et joue avec les chats *frileux et sédentaires*...

Relisez le *Sonnet d'Automne*. Le goût y est rehaussé par les plus rares épices de la psychologie et même de la physiologie. Et si ces substances se sont éventées un peu, avec le temps, songez qu'elles commencèrent par être fort piquantes et d'un arome très irritant.

J'ai beaucoup aimé les *Fleurs du Mal*, pendant mon adolescence et ma toute première jeunesse. J'admire toujours Baudelaire et ne le relis jamais. Ses préoccupations comme ses épithètes me gênent à présent jusqu'à l'angoisse : une angoisse physique. Certes, Baudelaire est un vrai artiste, comme nous l'entendons aujourd'hui, ou plutôt comme on l'entendait il y a quelques années. Allons, c'est un grand artiste tout simplement, c'est même un grand poète... *Ce n'est pas un pur poète.*

*
* *

Verlaine était plus naturellement poète que Baudelaire. Il n'était que cela, il l'était de toute son âme. Ses vers jaillissaient comme l'eau du rocher, et, par un mauvais miracle, ils charriaient du limon. Verlaine était habile dans son art, mais avec un désordre surprenant. « Il lui a manqué de savoir canaliser sagement sa merveilleuse sensibilité » a dit excellemment M. Jean de Gourmont, le jeune frère du savant auteur de *L'Esthétique de la langue française.*

Je crois que Verlaine n'était pas très affecté par la tristesse des campagnes et des bois jaunissants. Mais l'Automne entre dans son inspiration; il y entre comme symbole et comme métaphore :

Les sanglots longs
Des violons
De l'automne...

Avec sa figure de bandit mandchourien, Verlaine avait l'esprit le plus fin. Il avait aussi le goût et le sentiment de la mignardise. Et ce n'est pas pour rien qu'il excellait à mettre en rimes les *Fêtes galantes*. L'automne de ces peintures, d'un raffinement qui n'exclut pas le naturel, lui convenait :

Le soir tombait, un soir équivoque d'automne :
Les belles, se pendant rêveuses à nos bras,
Dirent alors des mots si spécieux tout bas,
Que notre âme depuis ce temps tremble et s'étonne.

Ce poète était débordant de poésie, d'une poésie d'actualité. Sans doute il n'a pas suivi la mode ; il l'a créée, ce qui est peut-être plus grave.

*
* *

J'ai toujours été la proie de cette saison :

Automne malheureux, que j'aime ton visage !

Qui sait si ce n'est point à tort que la tristesse de l'Automne a séduit mon âme ! La belle lumière, épandue sur les plaines et sur la mer, n'est-ce pas elle le véritable aspect tragique de la vie ?

*
* *

Quelle folie de ratiociner en pure perte ! Que n'ouvré-je pas plutôt ma fenêtre, pour admirer l'Automne sur l'écran mordoré des arbres !

... Dans les jardins, les dahlias, jaunes, blancs ou foncés, les roses trémières et les chrysanthèmes de toutes sortes, hument les derniers rayons de soleil. Le haut marronnier s'y dresse avec le port et les nuances d'une gentille tête de rousse ébouriffée. Sur le sable des allées, sur le gazon des boulingrins, les feuilles tombées palpitent au vent qui, soudain d'une haleine plus forte, les soulève jusqu'aux socles des statues, ou les précipite dans les bassins à l'eau noire. Si j'étais feuille morte, je voudrais pourrir dans la vasque d'une belle fontaine de marbre que je connais. D'antiques platanes l'entourent ; et lorsqu'au milieu de la nuit, elle filtre doucement, je crois entendre Byblis, sœur coupable, pleurer son funeste amour.

*
* *

... Un jour j'avais choisi — entre cent, — trois roses : l'une jaune, l'autre blanche, et la troisième au cœur de feu. C'était afin d'en faire présent à une Dame, belle et docte comme les interlocutrices de l'Heptaméron : comme cette jeune veuve Longarine, ou cette rieuse Emarsuitte.

Or, lorsque j'arrivai, la Dame tenait à la main un bouquet de feuilles mortes qu'elle avait eu la jolie fantaisie d'assembler : il y en avait de toutes les pâleurs, et quelques-unes d'un vert tardif et magnifiquement rouillé.

Ce bouquet automnal était si beau que, de dépit, je voulus jeter mes roses ; mais je manquai de courage.

*
* *

L'Automne embellit aussi le cours des fleuves, et principalement celui de la Seine.

Alors tandis que l'infatigable pêcheur se penche sur ses roseaux attachés bout à bout, j'aime à suivre les berges à pas lents, soit que le matin délicat pointe à peine, soit que, déjà, la chute du crépuscule ait coloré l'eau de ses teintes successives.

Et quand la nuit est close, si la lune brille à l'horizon, je m'étends volontiers dans une barque et me laisse aller à la dérive.

*
* *

Je m'étais assis, après une longue course, sur un tertre dans le bois de Verrières, lorsque j'aperçus un être étrange, cornu et chèvre-pieds. Son visage était rude et barbu, sa chevelure inculte, et il avait le dos couvert d'une peau de lynx. Vous vous doutez bien que je n'ai pas tardé à reconnaître en lui le fils de Mercure et de la nymphe Dryopé, Pan qui se plaît aux danses bruyantes et aux belles joûtes des chalumeaux.

Il se tenait dans un hallier, et il y avait au-dessus de sa tête, suspendues à un flexible rameau, quatre syrinx finement percées.

Soudain, je vis le Dieu saisir une de ces syrinx et l'approcher de ses lèvres.

Un son se fait entendre allègre, comme rempli d'une espérance inconsidérée, et à l'instant, mille fleurs s'ouvrent, odorantes ou distillant le miel. Des branches et des tiges montent et s'allongent, toutes chargées d'une promesse diaprée de fécondité. L'air s'azure et s'irise, les cours d'eau murmurent sur le gravier. Dans le profond des forêts, le fauve s'élance en bondissant et la race ailée des oiseaux vole çà et là avec des cris. Plus abusés qu'eux, les mortels se réjouissent d'éprouver que l'univers n'est qu'amour et que félicité. C'est le printemps, c'est le printemps ! Mais quoi ! n'est-ce pas, en vérité, que les sons de l'instrument divin raillent à présent ?

Le dieu Pan, avec une moue, jette enfin à ses pieds cette première syrinx.

Alors le dieu prend la seconde des quatre syrinx suspendues au rameau flexible et il se remet à souffler. Le paysage change à vue d'œil : les fleurs languissent et leur parfum s'évapore ; les corymbes se nouent sur les branches ; les eaux commencent à tarir sous le ciel nu et brûlant. Toute la nature semble assoupie. Et l'homme pense avec satisfaction que c'est l'été de la vie, plein de vigueur et de sécurité.

Pan ne tarda pas à jeter à ses pieds cette seconde syrinx avec une moue plus dédaigneuse encore.

Le dieu marcha alors nonchalamment vers le rameau flexible et prit la troisième syrinx. Il l'anima de son souffle sans se presser. Un son en sortit, qui n'était ni allègre follement ni présomptueux sans raison, mais doux et mélancolique. Et l'automne naquit avec la sérénité de ses eaux, avec sa flore et ses feuillages modérés, avec la philosophie de son beau ciel et l'ironie charmante de ses vendanges. L'homme but le vin goulûment, mais l'Automne lui parut fade. Car il s'était égaré depuis longtemps loin de la mesure et de la vérité.

Et le dieu Pan laissa tomber sa troisième syrinx sur un tapis de feuilles mortes, et sourit.

Puis il dépendit du flexible rameau la quatrième syrinx et souffla dedans avec violence. L'hiver désola la terre aussitôt : la vaste forêt sans feuilles craque sous le vent, la brume efface l'horizon, la glace arrête les surgeons des fontaines et les fleuves impétueux, enflés sous la tempête, ravagent leurs rives. La faim et la maladie s'abattent sur les êtres vivants ; l'homme voit sa huche vide et son âtre éteint. Mais tout en se plaignant, il s'enorgueillit de subir la misère et la mort, qu'il juge des choses d'importance.

D'un geste sec, Pan lança au loin cette dernière syrinx en éclatant de rire...

*
* *

Selon Tacite, les Germains ignoraient l'Automne; et il est possible que les peuples du Septentrion ne connaissent jamais les fines nuances de cette saison...

O Novembre ! es-tu ce jeune homme qui, couronné de rameaux d'olivier, s'appuie sur le signe du Sagittaire et songe ? ou bien, comme le veut Ausone, te montres-tu sous l'aspect d'un prêtre d'Isis, la tête rasée et vêtu de lin ?

SAINTE-BEUVE ET HUGO

On a beaucoup parlé de Victor Hugo et de Sainte-Beuve, à propos d'un drame intime, lequel, malgré tous les témoignages, demeure encore confus.

Je ne reviendrai pas sur cette affaire ; j'y chercherai seulement l'occasion de rappeler l'opinion littéraire de Sainte-Beuve sur Hugo. Elle eut ses hauts et ses bas.

Dans les *Portraits contemporains*, nous trouvons réunis deux articles de Sainte-Beuve sur Hugo poète. Le premier est de 1831, le second de 1835. L'auteur, en rééditant ses critiques, n'oublie aucune précaution :

« J'ai beaucoup écrit, dit-il en note, sur Victor Hugo ; il m'a paru suffisant de choisir et de donner ici les deux articles dont l'un exprime l'extrême louange, et dont l'autre pose la restriction. Ce mouvement alternatif nous est familier, on l'a pu voir déjà ; il fut chaque fois naturel et sincère ; il marque les deux âges et comme les deux temps de notre critique. » Cette *note* pourrait faire penser à une mauvaise conscience. Que nous importe ! puisque les remarques, surtout celles où *il y a restriction*, en sont fines et pénétrantes. Quand il s'agit de jouer un tour, la judiciaire de Sainte-Beuve n'est jamais faussée.

Le premier article, celui de 1831, est consacré aux *Feuilles d'Automne*. Il commence par des considérations sur le rôle de la critique, qui seront toujours actuelles. Tout cela est plein de verve, bien enchaîné, sans arrière-pensée.

Ces petites observations sont non seulement justes, mais aussi fort amusantes.

Rien n'est plus amusant que la vérité. Ici, Sainte-Beuve s'analyse en quelque sorte lui-même. Il était ce critique clairvoyant qui avait deviné le génie à peine éclos, et il n'avait pas hésité à proclamer sa découverte hardiment. Puis il vit s'échapper de ses mains *le glorieux monopole* de défendre ses propres idées. La *naturelle et amoureuse jalousie* dont il parle, l'avait-elle mordu, un instant, de façon à le rejeter dans le passé poétique de son idole, en lui faisant préférer les essais aux ouvrages enfin mûris ? Peut-être. Ce sont là des accidents humains très touchants et très honorables.

Ce n'est pas le critique seul qui succombe ainsi à la fatalité. Une semblable aventure guette le simple lecteur. Il a lu des vers d'un poète encore peu répandu ; il s'est entiché de ces vers, par hasard, par esprit de contradiction ou par un goût éclairé. Son âge, ses fréquentations, les circonstances de sa vie sentimentale, tout l'y poussait. Quelques années après, le poète aimé donne au public de nouvelles productions, d'une veine plus heureuse. Cependant, pour notre enthousiaste lecteur d'autrefois, cet art plus sûr de son poète n'est qu'une veine refroidie : le trouble se met dans son âme et le regret l'accable. Ainsi va le monde.

Tout en se laissant mener par le destin, Sainte-Beuve ne perd pas la carte. Il jette un regard malicieux sur les nouveaux admirateurs, *tardifs, honteux tout bas de s'être fait tant prier*. Ils prêtent un peu le flanc au ridicule ; sans vouloir reconnaître leur premier aveuglement, ils s'obstinent à nier les anciennes œuvres *qu'ils ont peu lues et mal jugées*. Et voici qu'ils s'empressent pleins de bouffissure, et félicitent le poète *d'avoir fait un pas vers eux*. Mais, remarque Sainte-Beuve avec bonne humeur : ce sont eux qui, sans y songer, ont fait deux ou trois grands pas vers le poète. « Il est du ressort d'une critique équitable, ajoute-t-il, de contredire ces points de vue inconsidérés et de ne pas laisser s'accréditer de faux jugements. Les grands poètes contemporains, ainsi que les grands politiques et les grands capitaines, se laissent malaisément suivre, juger et admirer par les mêmes hommes dans toute l'étendue de leur carrière. Si un seul conquérant use plusieurs générations de braves, une vie de grand poète use aussi, en quelque sorte, plusieurs générations d'admirateurs ; il se fait presque toujours, de lustre en lustre, comme un renouvellement autour de sa gloire. Heureux qui, l'ayant découverte et pressentie avant la foule, y sait demeurer intérieur et fidèle, la voit croître, s'épanouir et mûrir, jouit de son ombrage avec tous, admire ses inépuisables fruits, comme aux saisons où bien peu les recueillaient, et compte avec un orgueil toujours aimant les automnes et les printemps dont elle se couronne. » Douces promesses, oui, consolantes paroles ! Car le plus détaché des contingences terrestres se sent parfois abandonné par l'esprit d'abstraction, seul guide sûr. Et alors son cœur mortel saigne au spectacle fratricide d'une lutte où s'entre-déchirent de vrais talents. Sainte-Beuve a démenti plus d'une fois ces promesses et ces paroles.

Ce fut un peu à cause de quelques imperfections de sa nature, et beaucoup par la force de la Parque universelle, qui, hélas ! sait peut-être bien ce qu'elle fait.

Hugo n'avait pas trente ans lorsqu'il fit paraître les *Feuilles d'Automne*. Par conséquent ces sombres poèmes avaient été composés en pleine jeunesse. Je sais que les désespoirs de cet âge sont, le plus souvent, faciles à guérir ; mais il ne faut pas en rire à tout bout de champ. Je sais que le poète abusait de la rhétorique ; mais rien n'empêche un panache d'être *trempé de larmes*. Cette *résignation* sinistre et cet *affaissement* dont parle Sainte-Beuve ont existé chez Victor Hugo de bonne heure. Il a pu les surmonter et atteindre la vieillesse. C'est que, comme Ronsard, il rimait chaque jour avec génie et à tour de bras. Et si cette folie comporte un peu de ridicule, elle n'en est pas moins une sauvegarde contre les déceptions et les dégoûts de la vie.

*
* *

L'autre article de Sainte-Beuve sur Hugo, l'article *à restrictions*, est beaucoup plus intéressant. Quelque chose s'était rompu entre les deux hommes, quelque chose qui avait donné la liberté à la méchanceté du critique, et, aussi, à son goût.

Sainte-Beuve aimait la poésie, et il l'aimait avec désespoir. Si vous avez lu de ses vers, vous savez que les Muses avaient eu constamment peur de lui. Aussi sa passion est-elle de l'héroïsme, vraiment. Dans cet article sur les *Chants du Crépuscule*, qui est plein de détours, avant de mordre, il sacrifie :

« C'est toujours, dit-il, un bonheur quand les hommes qui ont le don de la Muse reviennent à la poésie pure, aux vers. Cette forme d'expression pour l'imagination et pour le sentiment, lorsqu'on la possède à un haut degré, est tellement supérieure, d'une supériorité absolue, à l'autre forme, à la prose ; elle est si capable d'immortaliser avec simplicité ce qu'elle enferme, de fixer en quelque sorte l'élancement de l'âme dans une attitude éternelle, qu'à chaque retour d'un grand et vrai talent poétique vers cet idiome natal, il y a lieu à une attente empressée de toutes les âmes musicales et harmonieuses, à un joyeux éveil de la critique qui sent l'art, et peut-être, disons-le aussi, au petit dépit mal caché des gens d'esprit qui ne sont que cela. »

Après ce salut à Polymnie, Sainte-Beuve entreprend Victor Hugo sans se gêner.

A propos de ses drames, il lui dit qu'il les ménage trop peu, et que depuis qu'il s'occupe de théâtre, on dirait que chez lui, même dans le lyrique, le théâtral a gagné.

Il le loue, pour commencer, d'avoir

su marier, *par une analogie symbolique*, ses propres impressions intimes au siècle lui-même.

Mais aussitôt, il observe : « ... Un inconvénient est à craindre dans ces productions lyriques trop fréquentes, surtout quand on tient à les rattacher, ainsi que fait l'auteur, à des cadres distincts et composés : c'est qu'au lieu de réfléchir fidèlement dans les vers les nuances vraies qui se succèdent dans l'âme, on ne crée, on neforce un peu, on n'achève exprès des nuances qui ne sont qu'ébauchées encore... »

Lorsque Sainte-Beuve soutient que Victor Hugo n'avait point le sens de la perfection grecque, il a tout à fait raison.

« M. Hugo, écrit-il, loin d'avoir en rien l'organisation grecque, est plutôt comme un Franc énergique et subtil, devenu vite habile et passé maître aux richesses latines de la décadence, un Goth revenu d'Espagne, qui s'est fait Romain, très raffiné même en grammaire, savant en style du Bas-Empire et à toute l'ornementation byzantine (1) ».

(1) Il paraît que quelqu'un a dit de Victor Hugo, fort plaisamment : « En fait d'ordres grecs, il entend surtout le cyclopéen. »

Sainte-Beuve a dit encore de Victor Hugo :

« *Par manque de ce tact* que j'appellerai grec ou attique, *et qui n'est pas moins français*, il ne recule jamais devant le choquant de l'expression, quand il doit en résulter quelque similitude matérielle plus rigoureuse qu'il pousse à outrance. »

Enfin, après un éloge pompeux de *la Cloche*, une des plus belles œuvres de Victor Hugo, le maître critique conclut : « Ce beffroi altier, écrasant, où il a placé la cloche à laquelle il se compare, représente lui-même à merveille l'aspect principal et central de son œuvre : de toutes parts le vaste horizon, un riche paysage, des chaumières riantes, et, aussi, plus l'on approche, d'informes masures et des toits bizarres entassés. »

J'aime la substance d'une pareille critique, mais non le ton aigre qu'elle prend, ni les circonstances où elle se produisit.

J'admets que des accidents vulgaires de notre misérable existence puissent modifier — et jusqu'au reniement public — notre pure *intellection* vis-à-vis de quelqu'un. Mais alors il faut être l'homme supérieur, ou du moins assez sot pour se le figurer. Ce ne fut, d'aucune façon, le cas de Sainte-Beuve dans son aventure avec Hugo.

GEORGE SAND EN PASSANT

J'ai rencontré, l'autre jour M. Emile Faguet. Il venait de s'étendre, dans ses feuilletons des *Débats*, sur George Sand critique, et de nous cueillir un bouquet d'extraits dans les *Questions d'art et de littérature*.

Nous en parlâmes et particulièrement des *Questions*. J'avouai les connaître : et je vis bien que cet aveu me vieillissait dans l'esprit de mon interlocuteur. Oh ! certes, on n'est pas d'une jeunesse tendre quand on a feuilleté cet ouvrage. Mais c'est aux environs de la seizième année que la chose m'arriva ; et je ne suis pas si vieux !

J'étais alors fort avide de lectures : les bibliothèques, les librairies, même leurs arrière-boutiques n'avaient point de secret pour moi. Je m'en dégoûtai cependant.

J'ai donc lu : *Questions d'art et de littérature.*

Par quelle rencontre ? Je ne sais. Sans méconnaître la valeur de George Sand, je n'ai jamais été si curieux de son œuvre. Elle a des dons personnels prodigieux, mais aussi tous les défauts de son sexe et de son temps : de son temps, de son heure, de sa minute...

*
* *

Thabaut de Latouche, ou simplement Delatouche comme écrit George Sand, inspirait la crainte, étant caustique et sans cesse de mauvaise humeur. C'était un génie raté qui ne manquait pas de talent. Quelques-uns parmi ses romans, *Fragoletta*, par exemple, sont curieux. Il étincelait dans la polémique. C'est lui qui édita, pour la première fois, André Chénier.

Il y a quelques années, on l'a honni dans les journaux : on l'accusait d'avoir blessé le cœur de la tendre Marceline Desbordes, depuis Valmore. Il paraît que ce fut un autre.

Delatouche était Berrichon, et George Sand alla lui demander conseil à ses débuts. Elle connaissait sa famille ; leurs pères avaient été liés.

Comme il était beaucoup plus âgé qu'elle, il la reçut paternellement. Il lut un roman que Sand brûla peu de temps après. Il le trouva détestable :

— Le roman, lui dit-il, c'est la vie racontée avec art. Vous êtes une nature d'artiste, mais vous ignorez la réalité, vous êtes trop dans le rêve. Patientez avec le temps et l'expérience, et soyez tranquille : ces deux tristes *conseilleurs* viendront assez vite. Laissez-vous enseigner par la destinée, et tâchez de rester poète. Vous n'avez pas autre chose à faire.

A cette époque, Delatouche venait d'acheter le *Figaro*. Il le rédigeait presque tout seul, au coin de son feu, en causant avec ses collaborateurs, qui étaient pour la plupart fort jeunes. Il offrit à sa compatriote de l'employer à la rédaction, la sachant assez embarrassée pour gagner sa vie.

George eut sa petite table auprès de la cheminée ; mais elle n'y faisait rien qui vaille. Elle barbouillait dix pages pour les jeter aussitôt au feu, et elle se remettait à suivre la conversation des autres, qui l'amusait beaucoup.

Les jeunes rédacteurs entraînèrent un soir Delatouche dans une escapade digne de la *Vie de Bohême*. Cette escapade me rappelle aussi certaine préface de Roger de Beauvoir, que j'ai lue jadis à Luchon en prenant mon bain...

Le grand chagrin de Delatouche était de vieillir. Il aimait à répéter cette facétie amère :

— On n'a jamais cinquante ans; on a deux fois vingt-cinq ans.

Ici un détail. George Sand va mentir assez plaisamment. Elle se brouilla un jour avec son patron, comme elle l'appelait. A ce sujet elle nous dit :

« Quand j'ai cherché plus tard la cause de sa soudaine aversion, on m'a dit qu'il était amoureux de moi, jaloux sans en convenir et blessé de n'avoir jamais été deviné. »

Et elle ajoute : « Cela n'est pas. »

Elle ment. Non en tant qu'auteur ; c'est un simple, un commun mensonge féminin. Elle avait *compris* tout comme une autre; et cependant elle s'amuse à nous alléguer je ne sais quelle *jalousie intellectuelle*. Ceci n'exclut pas cela, mais Sand avait compris.

Je mettrais ma main au feu que Delatouche a été amoureux d'elle. Il fut sans doute, jusqu'à l'âge mûr, de ces hommes qui ne peuvent rencontrer une femme sans la souhaiter. Et non précisément par concupiscence, mais surtout par une sorte de vanité obscure, un sentiment tyrannique assez bas.

Quand parut *Indiana*, George Sand habitait encore sa mansarde du quai Saint-Michel. Delatouche grimpa l'escalier et tomba sur le premier exemplaire de l'ouvrage, que l'éditeur venait d'envoyer. « Il le prit, le flaira, le retourna, curieux, inquiet, railleur... » L'auteur, énervé, voulait parler d'autre chose. Mais Delatouche tenait à lire ; et il lisait, et il s'écriait à chaque page :

— Allons ! c'est un pastiche ; école de Balzac ! Pastiche, que me veux-tu ? Balzac, que me veux-tu ?

Il emporta l'exemplaire, en ricanant. Mais le lendemain matin, George Sand reçut le billet suivant signé Delatouche :

« George, je viens faire amende

honorable; je suis à vos genoux. Oubliez mes duretés d'hier soir, oubliez toutes les duretés que je vous ai dites depuis six mois. J'ai passé la nuit à vous lire. O mon enfant, que je suis content de vous! »

*
* *

Delatouche parlait de Balzac « avec une aversion effrayante ». Ils avaient été amis, puis, tout à coup, brouillés, sans grand motif.

Et Balzac disait à George Sand, en parlant de Delatouche :

— Gare à vous! vous verrez qu'un beau matin, sans vous en douter, sans savoir pourquoi, vous trouverez en lui un ennemi mortel.

Un jour que Sand faisait allusion à Balzac devant Delatouche, celui-ci sauta au plafond :

— Vous l'avez donc vu? s'écria-t-il; vous le voyez donc? Il ne manquait plus que ça!

Le maître de la narration, La Fontaine, était pesant, lorsque, dans un salon, il contait de vive voix. Balzac aussi exposait mal en parlant, malgré son entrain, malgré son feu et son esprit. Mais Delatouche savait se servir de la parole, et jetait de la poudre aux yeux.

« Il avait, dit George Sand, mille fois moins de talent pour écrire que Balzac ; mais, comme il en avait mille fois plus pour déduire ses idées par la parole, ce qu'il racontait admirablement paraissait admirable, tandis que ce que Balzac racontait d'une manière souvent impossible ne représentait souvent qu'une œuvre impossible. »

L'ouvrage une fois imprimé, c'était tout autre chose, et alors Balzac l'emportait singulièrement. Delatouche bâtissait roman sur roman dans la conversation et « n'avait presque jamais rien à lire; ou c'étaient quelques pages qui ne rendaient pas son projet et qui l'attristaient visiblement ».

Nous avons tous connu de ces causeurs qui font sans cesse et solennellement le récit de leur chef-d'œuvre à venir. Le geste est ample, la voix chaude, la physionomie animée ; les éclats, les pauses et les demi-pauses se succèdent avec art. Il est difficile de résister à cette mise en scène savante : on est abusé le plus souvent, même quand on n'ignore point que l'orateur est un sot ou un médiocre fieffé.

Les auteurs de cette espèce ne mettent pas toujours leurs beaux projets à exécution. Le font-ils ? alors c'est un désastre, et leur insuffisance éclate sur le papier.

Il y a des exceptions. J'ai connu des causeurs charmants, qui n'étaient pas pour cela moins bons écrivains. Par exemple : Théodore de Banville et Stéphane Mallarmé. Mais il faut remarquer que si les causeurs sans plus se répètent d'ordinaire jusqu'à la satiété, ce travers s'aggrave, de façon vraiment curieuse, chez les causeurs-écrivains.

*
* *

La rencontre de George Sand avec Stendhal mérite d'être notée.

George a saisi d'un coup d'œil tout le côté extérieur de cette physionomie. Elle s'est méfiée aussitôt... Elle n'a pas approfondi, se disant que ce n'était pas la peine, que cela ne la regardait pas.

« Sur le bateau, écrit-elle simplement, qui me conduisit de Lyon à Avignon, je rencontrai un des écrivains les plus remarquables de ce temps-ci, Beyle, dont le pseudonyme était Stendhal. Il était consul à Civita-Vecchia et retournait à son poste, après un court séjour à Paris. »

Ils causent ensemble, et Stendhal se moque de ses illusions sur l'Italie. Il feint de mépriser tout ce qu'on peut voir dans ce pays.

« Il posait surtout le dédain de toute vanité et cherchait à découvrir dans chaque interlocuteur quelque prétention à rabattre sous le feu roulant de sa moquerie. Mais je ne crois pas qu'il fût méchant : il se donnait trop de peine pour le paraître. »

Ils soupèrent avec quelques autres voyageurs dans une auberge de village. Stendhal fit le fanfaron, il se montra d'une gaieté folle, il se grisa. Il dansa autour de la table *avec ses grosses bottes fourrées*. Et George Sand triomphe, et nous voyons ici la femme se venger cruellement de l'homme laid : elle nous apprend que cette malencontreuse danse avait rendu Stendhal « quelque peu grotesque et pas du tout joli. »

Il la mena voir la grande église d'Avignon, où il y avait un vieux Christ en bois peint, de grandeur naturelle. Là, Stendhal se déclara disposé à donner des coups de poing à cette image et s'éleva contre ceux qui n'avaient pas en horreur *la laideur barbare et la nudité cynique de ces repoussants simulacres.*

George Sand parle de Stendhal comme d'un homme éminent, d'un talent original et véritable. Mais il est clair que sa personne lui déplut, qu'elle ne se sentait pas à son aise avec lui. George Sand était encore jeune à cette époque, et Stendhal s'amusa à l'inquiéter par un langage hardi jusqu'à l'obscénité.

Enfin elle fut heureuse d'en être débarrassée. « Pour moi, avoue-t-elle, je ne vis pas avec regret Beyle prendre le chemin de terre pour gagner Gênes... S'il eût pris la mer, j'aurais peut-être pris la montagne. »

*
* *

La lecture de divers *Mémoires* intéressera constamment, malgré l'inégalité de style. Nous en avons qui sont des chefs-d'œuvre : tels les *Mémoires* du cardinal de Retz et quelques autres. Ceux de la Grande Mademoiselle, — reflet plaisant de l'esprit un peu saugrenu et de l'humeur souvent versatile de l'auteur, — attirent par le détail.

Gœthe a intitulé ses Mémoires : *Vérité et Poésie*. Il a voulu par là faire entendre que les faits n'y sont pas toujours exacts, sinon le sens. Précaution inutile ! Tout le monde ment : et à son insu, hélas ! Je ne pense pas que le plus grand nombre des trompeurs le soient par malice et par une certaine intelligence ; et Socrate eut raison de soutenir que ceux qui mentent volontairement sont meilleurs que ceux qui mentent malgré eux.

Dans ses *Mémoires*, Mme Sand ne laisse pas d'*attifer* ses souvenirs ; elle est cependant persuadée de bonne foi du contraire. Les femmes mentent plus naturellement que les hommes. C'est une infériorité et une grâce de plus.

NIETZSCHE ET LA POÉSIE

Lorsque Gœthe parle poésie, il inspire tout de suite confiance, comme un praticien éprouvé qui explique les secrets de son art. Pouvons-nous être à notre aise de la même manière avec Nietzsche ? A-t-il senti, a-t-il goûté tout d'abord ? Ah ! si ce n'était qu'un jeu de passe-passe, une attrape ! Vous connaissez ces habiles critiques qui cherchent des exemples pour étayer leurs théories bâties d'avance, et qui les trouvent. Mais Nietzsche se passionne réellement, il est substantiel et posé ; en un mot, il a un bon air *d'empirique*. Oui vraiment, accordons-lui notre confiance.

Dans *Humain trop humain*, il fait un magnifique éloge du théâtre classique français, il remet Lessing à sa place, il rend à Voltaire la justice qui lui est due, il prend en pitié notre moderne barbarie et ses vaines *expériences*. Enfin il trace une éclatante image de la maturité de Gœthe, et il nous le montre repentant d'avoir travaillé avec les destructeurs, tout occupé à renouer la tradition rompue et tendant ses lèvres avides à la perfection et à l'intégrité antiques.

Il est agréable d'entendre Nietzsche disserter sur l'admirable architecture de la Tragédie française. Certes, il ne faut pas dédaigner la couleur et la vivacité du drame espagnol ; il faut toujours adorer Shakespeare, qui est la poésie même. Celui, cependant, qui ne sait pas discerner que Corneille, malgré ses lacunes, et Racine, tout parfait, possèdent le seul art véritable depuis l'antiquité, mérite qu'on lui adresse l'apostrophe du chœur d'Œdipe à Colone : *Hélas ! ô malheureux, serais-tu né avec des yeux aveugles ?*

Ce que Nietzsche dit du *saut en arrière dans le naturalisme, dans les commencements de l'art*, est excellent, et les poètes ne nous manquent pas qui devraient en prendre note. Lessing a peut-être rendu des services à la langue allemande, mais sa *Drama-*

turgie n'est pleine que de froides et rebutantes plaisanteries. C'était un balourd, assez instruit, qui vivait au milieu d'une société sans grandeur. Il s'était mis dans la tête de bâtir sa réputation sur les ruines de l'influence française... Lessing faisait montre d'un grand dégoût pour Corneille. Il l'appelle *bousilleur* et l'accuse d'avoir mal interprété Aristote. La belle affaire, quand on a écrit *Horace* et *Rodogune !* Lessing avait composé des pièces fort ridicules, et il se flattait de refaire les tragédies de Corneille mieux que lui.

Lord Byron disait : *Je regarde Shakespeare comme le pire des modèles, quoique le plus extraordinaire des poètes.*

Il est certain que Byron a cherché constamment l'expression capable de limiter l'extravagance de ses sentiments, et qu'il avait le sens et le regret de l'ordre classique. Quant à ses paroles sur Shakespeare, il faut s'entendre : la poésie qui coule, je dirai paisiblement, dans l'œuvre du grand tragique est de la meilleure qualité, mais la forme dramatique *qu'il a subie* donne le plus mauvais exemple. Letourneur et ses acolytes, les romantiques français et allemands, passèrent à côté de la poésie shakespearienne et ne s'engouèrent que de la forme.

Nous trouvons aujourd'hui les tragédies de Voltaire dénuées de saveur et de force, semblables à un vin plat. Nous n'avons pas tout à fait tort ; mais Nietzsche a raison d'appeler Voltaire *le dernier des grands poètes dramatiques qui entrava par la mesure grecque son âme*... Il fut, sans contredit, le premier de son temps dans l'art de Corneille et de Racine, et malgré le ton languissant de ses pièces, il conserve encore beaucoup d'intérêt, du moins au point de vue historique. Dans ses préfaces, si curieuses, il ne manque pas d'écrire sur les tragiques athéniens plus d'une sottise, mais il est clair qu'il a le sentiment et le goût de leur art. Certes, il est plus près des Grecs que son détracteur l'Allemand Lessing, et même que son compatriote Diderot. La plus fine remarque de Nietzsche sur Voltaire est celle-ci : *il a été un des derniers hommes qui savent réunir en eux la plus haute liberté d'esprit et une disposition d'esprit absolument non révolutionnaire*. Oui, Voltaire était un esprit libre, et il n'était pas *libertaire*. Je vois à présent pourquoi, malgré mille répugnances, j'ai toujours été attiré par lui.

La vie artistique de Gœthe, telle que Nietzsche la dépeint, est un exemple, une raison de désespérer, et une consolation à la fois. Sa fameuse sérénité a quelque rapport avec le prétendu égoïsme de La Fontaine. Les conclusions morales, si dures parfois, du fabuliste ne sont qu'une sensibilité violente, mais éclairée, qui se tourne en dérision ellemême et se met à philosopher. Quant à Gœthe, faites attention que s'il fixe sur le monde un regard calme, c'est avec l'expression la plus triste et la plus passionnée.

Malheur au poète qui naît dans un de ces moments équivoques où la tradition de l'art est devenue caduque, où il est nécessaire de renverser l'ordre pour chercher ensuite à le rétablir sur une base plus solide. Il est possible que la gloire de ce poète devienne enviable, mais sa vie est empoisonnée à jamais.

L'auteur de *Faust* naquit dans un de ces moments misérables où le vrai talent, pour être fécond, est condamné à se livrer à mille folies. Il en fut comme ébloui tout d'abord, et prit, sans songer, toutes les mauvaises occurrences du destin, pour un présent du ciel. Il lui était d'autant plus facile de s'abuser que l'odieuse ivraie montait sous ses pas, pareille au blé mûrissant. Il alla ainsi tout le long de ses jeunes ans jusqu'au seuil de la vieillesse. Là, un soupçon le saisit et il jeta ses regards douloureux sur les belles ruines qu'il avait aidé à faire autour de lui. Alors il mit à les réédifier tout son amour, et ses dernières forces, encore très nerveuses. De sveltes colonnes se dressèrent bientôt dans l'azur de l'art, mais le temple demeura mutilé et ses débris continuent à écraser le chœur des Muses.

EN GRÈCE

Une douceur sereine, un peu grave, et pourtant souriante, embrasse la mer et la terre que notre bateau côtoie.

Le jour se lève lentement, harmonieusement. A droite, s'allonge l'île de Cythère. Sa base est tout enveloppée encore d'une ombre diaphane, tandis qu'au-dessus le soleil éclate déjà dans un fouillis de blancs nuages.

De l'autre côté c'est le Péloponèse. Nous venons de doubler le Ténare et sa fameuse caverne d'où Orphée se précipita chez les morts.

Nos yeux s'attachent avidement à ces rivages divins, que le jour naissant colore de la façon la plus diverse et la plus délicate. Le clair obscur qui traîne au pied des monts balance pour la perfection le vermeil léger des cimes.

Toutes les teintes, toutes les pénombres flottent sur ces golfes et ces criques ; et là-bas, contre le ciel vert-tendre, le Taygète, berceau d'Hélène, *fille du cygne au long cou*, — se dresse couronné de neige.

Je regarde passer un voilier; il court rapide et léger sur les vagues, sa carène est peinte en rouge vif. Il rappelle la flottille qui égaie le bassin du Luxembourg, sans rien perdre de sa poésie...

Nous rasons la pointe du cap Malée. Jadis, pendant un voyage, j'ai passé là au milieu de la nuit. Je me tenais à l'écart sur le pont du navire. Comme je fus bercé, alors, par le remous de la mer autour des rochers abrupts !

Cette fois, c'est en plein jour que j'ai revu le cap et ses environs. Qui pourrait décrire la magie d'une si belle aridité ? Quel air subtil y circule ! Quel incessant contraste de lumière s'y joue !...

Ah ! que ce village semé, avec un attrayant désordre, dans le pli de la montagne, me tente ! Les habitants y vivent de la culture de leurs oliviers et de leurs figuiers. A vrai dire, un peu de contrebande leur vient en aide.

... Nous voguons ; le vent fait claquer les toiles et grincer les cordages La mer rit sous le soleil et s'enfonce là-bas, jusqu'à l'horizon où s'allume un incendie de nuages.

Les blocs nus des îles posés sur les flots, attirent les yeux et retiennent l'âme par le rythme magnifique de leurs proportions.

Nous voguons toujours. Les rivages fuient, à peine estompés d'une brume légère qui semble tissée comme un très fin voile.

Nous ne tardons pas à être en vue des blanches maisons du Pirée, port d'Athènes...

Gérard de Nerval avait vu l'Aurore aux doigts de roses se lever sur l'Archipel et il avait méprisé ce que l'Occident appelle l'aube ou le point du jour. Nous savons cependant que le bon rêveur périt victime de son noctambulisme, pendu par des malandrins dans une vieille ruelle de Paris, peut-être au moment où il cherchait une rime ou le sujet de quelque conte fantastique. Il avait donc admiré, selon toute apparence, le charme presque immatériel qui entoure le réveil du jour sur le quai du Louvre et sur les beaux jardins de la ville. A-t-il pu méconnaître un pareil spectacle ? Non ! Lorsqu'il a blasphémé, Gérard se sentait ivre d'un nouveau bonheur devant l'île d'Aphrodite, l'antique Cythère aux rochers de porphyre, et son cœur trop passionné secouait avec une impatience le joug de ses premières amours.

*
* *

... La population d'Athènes a augmenté ces dernières années de façon incroyable vraiment. Sans cesse, de belles maisons, des villas cachées dans des bosquets, des palais aux fines colonnades de marbre, aux blanches terrasses, surgissent comme par enchantement pour orner les pentes des collines sacrées qui font à la ville de la déesse vierge une ceinture de haut prix. Et ces embellissements modernes ne nuisent point à la beauté naturelle du site, ni à la gravité du trésor artistique légué par les ancêtres. Le mont Hymette, plus fier et plus sublime que jamais, regarde couler le temps, et la mer azurée déferle toujours en cadence le long des sables d'argent. L'Acropole, debout dans la merveille du ciel attique, sourit avec calme, et, certes, elle a trop d'esprit pour se plaindre du barbare destin qui l'a mutilée.

La splendeur d'Hélios, le zéphyr et les parfums, sont l'apparat coutumier d'Athènes. Mais le deuil de la Nature revêt aussi dans ce pays une forme de beauté surprenante. J'admirai l'autre soir le plus beau crépuscule mélancolique du monde : en face, les noires verdures d'un jardin, et tout au fond les montagnes, toujours dessinées avec netteté, malgré une écharpe de nuages et l'heure assombrie ; à droite, des ruines, dans un dernier éclat du soleil disparu. Le vent semait de grosses gouttes de pluie, et balançait les longues chevelures éparses des poivriers de l'allée... Paysage tragique, mais nullement morne ! Horreur harmonieuse, pareille à celle où, dans les vers d'Eschyle, l'adultère Clytemnestre brandit sa hache homicide.

... Il y a dans Athènes des hôtels où le confort et le luxe n'ont à craindre aucune comparaison. Il y a des brasseries et des cafés resplendissants d'électricité — et qui ferment tard. Il y a des équipages, des tramways et des chemins de fer sur route. Des magasins aux riches étalages tentent à chaque pas le goût et le mauvais goût du passant... Mais vous trouverez tous ces renseignements dans les guides.

Je dirai deux mots sur les fleurs que l'on vend dans les rues d'Athènes. Elles sont belles, avec d'étranges pâleurs hivernales, en ce moment. Dans ces fleurs, une âme antique semble subir la Parque. Les violettes sont encore la couronne irréfragable de la cité, comme jadis, au temps des Muses. Les roses doivent ici se montrer réunies en gerbes ou en bouquets. A Paris seulement de rares roses font voir cette amère beauté de *l'être seul*.

Après les fleurs, les femmes. On a soutenu, je crois, que sous Périclès les Athéniennes étaient laides. Aspasie venait de Milet. Aujourd'hui les Athéniennes viennent de partout. Elles ont de grands yeux profonds, qui fixent un regard énigmatique — sans énigme, peut-être : c'est là une vraie beauté. Il ne me semble pas que les femmes d'ici marchent comme des canéphores. C'est que je les rencontre dans la rue, et non sur un haut-relief.

*
* *

Silvain a donné sur le Théâtre-Royal une représentation de mon *Iphigénie*, devant les princes et le Tout-Athènes élégant. J'ose dire que nous avons eu un beau succès.

Cependant Silvain ne pouvait dormir. Il ne rêvait que *ruines* et représentation en plein air. Nous visitâmes le théâtre antique d'Hérode, et Mme Silvain ne voulait pas s'arracher de ces lieux...

Enfin, après quelques traverses, nous avons obtenu, pour une seconde représentation d'*Iphigénie*, le Stade, admirable reconstitution en marbre pentélique.

On m'avait dit :

Il n'y a pas d'acoustique au Stade.

J'y allai avec le couple Silvain et une partie de la troupe.

C'était très amusant. Pendant que l'un récitait se tenant sur la piste, les autres grimpaient quatre à quatre les gradins et se postaient là ou plus loin, à droite, à gauche, en bas et tout en haut. Ils tendaient l'oreille, anxieux. O merveille ! les sons montaient très nets, cristallins. On ne perdait pas une syllabe. Quelle révélation ! L'acoustique du Stade n'avait pas sa pareille.

Nous poussâmes un soupir de soulagement, avec un *évohé !* pour Dionysos, patron de la tragédie. Hélas ! nous ne tardâmes point à nous renfrogner.

« Le temps, le temps ! » murmurait Silvain, en se prenant le front entre ses paumes brûlantes.

En effet, le climat d'Athènes est très variable et enclin aux caprices les plus soudains. Dans le même instant, pour ainsi dire, le soleil brille, l'averse crève, le vent se déchaîne.

Contre l'opinion générale, deux ou trois journaux s'étaient mis dans la tête d'empêcher le spectacle : « Hé ! quoi ! gémissaient-ils, des sons étrangers troubleront les échos du Stade ! » Ces journaux allèrent jusqu'à supplier le ciel, sur un ton héroï-comique, d'ouvrir ses écluses sur ce qu'ils nommaient une profanation... Le ciel ne consentit point à écouter un aussi vain scrupule. Il nous favorisa par un temps magnifique qui se rembrunit vite après le spectacle. C'est ainsi que naguère, à Orange, *Iphigénie* fut jouée entre deux averses.

Le jour fixé pour la représentation, mon ami M**, l'honneur des Muses néo-helléniques, m'avait prié à déjeuner dans un restaurant par delà l'Ilissos, à côté du Stade. La table était dressée sur une terrasse d'où l'on découvrait toutes les merveilles du paysage athénien. Le restaurant où nous déjeunions s'adossait au mont Hymette. En face, au loin, se dressait l'Acropole avec le Parthénon, et, plus près, le temple de Zeus Olympien. Un doux soleil caressait les sveltes colonnes, dorait les nuages tranquilles qui brodaient les confins de l'horizon, et descendait se poser sur les feuilles des platanes minces, ouverts en éventail le long des rives du torrent. Un vol de corneilles passait dans le ciel, écran d'émeraude grise où se fixait l'immobilité des pins et des cyprès.

Nous prenions le café, en fumant de blondes cigarettes de tabac de Cavalla, lorsque les voitures et les piétons commencèrent à défiler nombreux sur le pont qui mène au Stade. Nous nous y rendîmes bientôt. Quatre à cinq mille spectateurs, parmi lesquels la famille royale, occupaient déjà les gradins, avec cette décence noble et grave qui caractérise le public athénien. A quelques pas de deux Hermès trouvés dans les fouilles, Silvain avait fait établir une barrière formée de branches de myrtes et de lauriers. Décor inattendu, vision délicieuse de bocage sacré! C'était fort beau.

Les musiciens, dissimulés derrière les feuillages, firent entendre le prélude de Gluck, et la représentation commença. Les premières paroles décidèrent de la victoire.

J'avais craint, pour les costumes des acteurs, la violence du jour. Mais la lumière attique est magicienne. Ses vibrations répandent tout autour l'eurythmie. Et je dirai que l'ombre attique elle-même ne lui cède en rien. Lorsque, vers la fin de la représentation, cette ombre translucide envahit la piste, ses effets sur les couleurs et les plis des vêtements furent aussi miraculeux.

Silvain a été le grand acteur classique qu'il est toujours. Il n'y a plus à le louer. Mme Silvain se surpassa. C'est sous ses traits, avec sa voix, que les Athéniens rêveront, longtemps encore, Iphigénie, fille du roi des rois. Boyer qui, dans le rôle du Vieillard, avait déjà triomphé à Orange et à Paris, vient de trouver ici sa consécration. Les autres interprètes furent à l'avenant.

J'avouerai, sans rougir, que le bruit des applaudissements montait interminable vers l'azur du plus beau ciel de l'univers. Toute cette foule, le grand monde et le peuple, se précipita dans l'arène pour une dernière ovation. Les spectatrices baisaient les mains de Mme Silvain. Et songez que les Athéniens ne sont pas tellement expansifs.

Si mon cœur n'était pas brisé depuis longtemps, une si belle sympathie l'aurait fait tressaillir.

*
* *

Il y a, je m'en souviens, dans la campagne d'Avignon de tout petits cyprès d'un vert déteint. Ils sont gentils, avec un air qui parle de courtoisie et de *fine amour*. Aux abords de Marseille, j'ai vu des cyprès trop renflés, d'une couleur malsaine. On sent bien qu'ils sont là pour une raison strictement pratique. Je ne sais pas ce que j'aurais pensé des cyprès de la Palestine ; je n'aime pas l'Orient.

L'Attique n'a rien d'oriental... Je me suis promené cette après-midi à Colone, peut-être non loin de l'endroit où l'aveugle Œdipe s'arrêta, appuyé sur Antigone. Là, dans l'air subtil, s'élèvent de beaux cyprès sans lourdeur, de ces cyprès dont vraiment la cime *s'élance hors de la Parque*.

*
* *

J'ai revu la ville du Pirée sans horreur. C'est que, sans doute, je commence à en vouloir à la beauté inutile...

A la devanture d'une épicerie pendent de lourdes grappes de raisins cramoisis, des nattes d'oignons et de figues sèches. De fraîches grenades y pendent aussi, avec des piments rouges et verts. Les radis de toutes les formes, les aubergines, les petites courges, les tomates, déjà flétries, les pommes, les poires, les oranges, les citrons amers, les prunes, les coings s'y entassent dans de hauts paniers...

Dans une autre boutique le gaz clignote sur des harengs, sur des olives vertes, noires ou roussâtres, sur des saucisses entourées de larges feuilles de choux.

Un peu plus loin, des lumignons de pétrole fument au-dessus d'une poêle où l'on fait frire des poissons minces et longs...

J'admire un étalage de fichus multicolores : je m'arrête devant les changeurs.

Sur les trottoirs flânent de gros hommes à la tête crépue, qui me font songer étrangement aux marchands génois des contes de Boccace...

Tournons les yeux vers le port où tombe le calme de la nuit. Des mâts inégaux se balancent, la cheminée d'un bâtiment se couronne d'un panache de fumée. Le bruit de la vague est imperceptible...

*
* *

Au pied d'une colline qui n'empêche point de contempler le Parthénon, des porchers mènent leurs troupeaux. Le sol est pierreux, grisâtre, rugueux : une lèpre sur un visage fait au compas.

... Un âne dresse les oreilles à l'orée d'un champ. Deux minuscules ânes se tiennent le long d'une clôture, côte à côte au soleil, sans bouger. Ils sont chargés de paniers tressés avec des roseaux. Les paniers sont vides. Personne ne garde ces petits ânes, qui semblent très doux, et sans rancune.

... J'ouvre une fenêtre ; je monte en voiture, j'en descends ; je sors d'un café ; je tourne le coin d'une rue, je me promène sur la place ; je quitte un importun ; — les montagnes de l'Attique sont là : sous le soleil, sous la pluie, couronnées de nuages ; le matin, au crépuscule. C'est sur ces pentes que le déclin du jour marqua pour Socrate l'heure de la ciguë...

*
* *

O monts de l'Attique, ô Phalère aux blancs rivages ! Il sied que je vous admire sans tendresse désormais. Je touche à la perfection et à la mort. Mais la mort est une sottise.

COUPS D'ŒIL

... J'ai quitté la Grèce. Nous cinglons droit. Égine, Poros, Hydra et les côtes du Péloponèse s'évanouissent dans le déclin du jour.

La nuit est tombée. J'entends la mer qui gronde contre les promontoires.

J'écris dans la salle du paquebot, sous les lumières électriques.

... Depuis quelques années, mon émotion n'est plus qu'une pensée triste, âpre et souriante à la fois...

Sur la table, dans un vase grossier, — un bouquet. Ces fleurs parfumaient naguère encore la brise orientale! Ce sont des fleurs de Smyrne qu'une main amie offrit, au départ, à cette vieille Anglaise en corsage rouge qui somnole là-bas.

Le matin nous éclaire dans le voisinage de Messine et de Reggio.

Les montagnes de la Calabre enchaînent leurs jolies courbes piquées çà et là d'un peu de verdure. De l'autre côté, la noire Sicile se confond avec les nues. La mer est calme, ridée cependant par la brise qui prend de la force.

La ville de Reggio blanchit le rivage fort distinctement; mais l'espace retient le tumulte des passions ordinaires qui la secouent sans doute.

Dans son cadre mat, Messine se presse et s'éparpille vaporeuse. Ici, la solide rotondité d'un phare : par delà, les arcs gracieux d'un aqueduc jeté d'un rocher à l'autre.

Des voiles de pêcheurs voguent et virent dans les ressacs entre Charybde et Scylla.

La mer est un miroir uni, plein de soleil. Dans le lointain, nous apercevons les îles Lipari, ombres bleuâtres.

... Le crépuscule va s'éteindre bientôt. Des nuages changeants courent sur la ligne basse du ciel. Nous passons assez près du Stromboli, cône magnifiquement crevassé. Sur une des pentes, un blanc village couronné de vignes, sourit aux menaces du volcan, qui fume le jour et flamboie dans les ténèbres.

... Je quitte le pont du bateau pendant que le soir vient à grand pas. Je descends et je trouve dans la salle une enfant de douze ans qui travaille à un ouvrage délicat de dentelles. Ses frêles doigts vont et viennent, agiles, laissent et reprennent les fuseaux enroulés de fil de lin. Cette jeune fille, née à Sparte, a les traits de ces idoles primitives tirées il n'y a pas longtemps du sol hellénique. Son ample chevelure se renfle au haut du front ; ses larges yeux sombres demeurent immobiles sous de longs cils recourbés. Son maintien fier, son air de mélancolie décente disposent tout de suite en sa faveur. J'apprends qu'elle s'appelle Aréti, comme dans les chansons klephtiques ou dans ce poème de l'*Erotocrite*, monument du moyen âge grec. Elle est orpheline de père et de mère : elle émigre en Amérique avec sa sœur aînée et son petit frère, qui porte l'antique nom de Brasidas, ce général vainqueur de Cléon à Amphipolis, qui mourut au milieu de la victoire...

*
* *

Nous entrons dans le port de Naples, par une nuit sans lune.

Ce ne sont pas à présent ces palpitations d'un vivace soleil sur les collines surchargées d'odorants bocages, ni le miroitement de la mer bleue où glissent les barques des joueurs de mandoline et des chanteuses de seize ans : beautés drues, aux lourdes hanches, à la face animale, aux chignons épais. Mais c'est quelque chose comme une planche de grand caractère, tout exécutée à l'eau-forte: là-bas, le froid éclat de l'électricité nous fait deviner les quais, les rues, les places et les façades des maisons, et, par-dessus, les hauteurs de la ville s'enguirlandent de becs de gaz. Autour du bateau, dans l'ombre mouvante du remous se signale déjà, par son rude langage, la canaille des colporteurs. Ils ne tardent point à envahir le pont pour y étaler, à la lueur de lampes fumeuses, leurs brimborions en faux corail. Pendant cette scène, le Vésuve crache du feu.

*
* *

Je m'éveille pour jouir d'une agréable bonace où pétillent les rayons du matin.

La brise enfle les voiles triangulaires des tartanes qui prennent leur course sinueuse au travers de riants écueils. Les côtes blanchissantes de l'Italie vont disparaître...

Nous avons gagné le large. Debout à la poupe du navire, je suis des yeux le sillage qui laboure la mer à perte de vue. L'eau murmure tout bas, l'écume crève et tournoie irisée sous le soleil. La pensée humaine est trop faible pour interpréter le sentiment qui ramène ce spectacle à une notion de la destinée. Des mouettes en grand nombre nous suivent ; elles rament de leurs longues ailes et poussent leur cri singulier.

... Mon cœur tressauta lorsque j'entrevis les belles ombres que faisaient dans le lointain les îles d'Hyères.

De douces rêveries le long des sables, pendant des jours d'espoir aveugle encore, revolèrent dans mon souvenir...

Nous passons maintenant tout près

de ces hauts rochers qui annoncent Marseille, ces rochers, muraille jaune et blanche où donne le soleil.

*
* *

Il n'y a rien de plus gai qu'une brume matinale de décembre sur le Vieux-Port de Marseille.

La lydienne Arachné, ni la fille de Zeus elle-même, n'ont pu sans doute rien tisser de plus délicat que cette brume délicieuse : tamis fin d'où, l'autre jour, un clair soleil s'écoulait plus pur pour jouer parmi les mâts immobiles des navires amarrés, rajeunir les parois rongées des vieilles maisons, et, descendant sur les quais, rythmer les gestes des passants rapides.

Si vous vous trouvez à Marseille par une matinée vaporeuse, comme celle dont je parle, arrêtez-vous au bas de la Canebière, devant le Vieux-Port, et levez les yeux. Vous jouirez d'une charmante surprise, Tout là-haut, la brume fait avec le clocher et la coupole de Notre-Dame de la Garde, un admirable dessin à l'estompe. Et les toits des maisons coupant la base de l'église, elle vous apparaîtra comme suspendue dans le ciel...

Quelques-unes des ruelles escarpées de la *vieille ville* portent des noms gracieux de fleurs ou de fruits. D'autres s'appellent de la *Lune blanche*, des *Marquises*, de la *Vieille Monnaie*, des *Quatre Pâtissiers*... Dans ce quartier tout suinte et chancelle, les murs et les pavés ; puis c'est une débauche de couleurs criardes et de lignes brisées. Mais rien n'y semble répugnant ou triste, ni la misère, ni la laideur...

Dans une échoppe, une brunette lève les plus beaux yeux du monde, en plumant un poulet. Des vieilles ratatinées qui trottinent vendent des *pommes d'amour* qui sont de bien jolies petites tomates. Garez-vous ! un âne nain arrive au galop, en traînant une charrette. Au fond de ce dédale, par-dessus un fouillis de pignons, un vieux clocher poreux dresse sa croix de fer. Des femmes passent, un panier sur la tête, en balançant les hanches. Des Italiennes, lourdes, les cheveux lissés sur les tempes, de gros anneaux aux oreilles, semblent, avec leurs châles et leurs fichus, laisser en marchant comme une traînée bigarrée.

Je fais les cent pas sur une petite place surannée où il y a de la proportion. Des laveuses sont là groupées autour d'une sorte de bassin qu'alimente une fontaine couverte de mousse. De très vieux platanes, fort beaux, entourent la place ; ils ont le tronc marbré d'une infinité de veines et leur feuillage se teint en ce moment, d'un gris légèrement glauque... Je songe à quelque belle image ancienne aux couleurs presque effacées.

*
* *

Les kiosques de fleurs qui bordent le Cours Saint-Louis sont presque des pagodes et les marchandes qui y trônent hissées, semblent des idoles, en vérité de bon accueil.

Ces marchandes se tiennent là, avec leurs gros traits et leur peau de bistre, — sans impatience mais toujours prêtes à jacasser. Les roses de toute sorte, les violettes, les œillets vifs, les tendres chrysanthèmes composent le principal de l'étalage, couchés sur un lit de fougères noires et vertes. Quelques lys aussi, hauts et frêles, émergent à côté, d'un vase étroit, tandis que le houx et le laurier nouent des guirlandes sévères, autour du rebord supérieur des kiosques.

*
* *

Le crépuscule descend sur le Vieux-Port : ciel vaporeux, mer grise dont la surface bouge à peine. Les bateaux, grands et petits, les felouques, les tartanes, les barques sont là contre les quais, immobiles, avec leurs coques et leurs carènes peinturlurées, leurs fines mâtures, leurs cordages, leurs cheminées noires, blanches ou mi-parties.

Le jour cède peu à peu. Des lumières s'allument le long des maisons ; elles s'allument, éclatent, traînent et tremblent sur l'eau.

Le pavé est glissant, usé, disjoint. Des marchands de poissons s'y installent, sous de petites lumières qui font de grandes ombres.

Des gars à forte encolure, de lourdes matrones aux nez écrasés, aux ventres énormes, président à la vente.

La nuit gagne la ville. Des gueuses vont et viennent dans les bars, avec la souplesse de la vague. Des Maltais, des Italiens, des gens à face de négriers stationnent en fumant leur pipe à long tuyau de roseau.

Il pleut doucement...

*
* *

Stendhal visita Marseille en 1837. Il y vint par la route d'Aix, en chaise de poste et dans un tourbillon de poussière.

« En été, dit-il, ce pays ne se compose que de coteaux calcinés et d'une poussière qui pénètre partout; je puis toujours écrire avec le doigt sur les manches de ma redingote. »

Il ne faut pas se figurer que Stendhal déteste le midi. Il aime ce pays où *l'ombre est un besoin* ; il est fou du naturel de ses habitants, de leur sans façon, de leur manie, prétend-il, de dire ouvertement *quelque chose qui peut être désagréable*.

Il chante les louanges de Marseille et de ses environs, semés de bastides à la blancheur éblouissante.

Certes, par un temps ensoleillé, ces collines douces que couronnent, de distance à distance, les pins élancés, touffus à la cime, ces platanes fourrés de lierre, au bord de la route, ces modestes maisons de plaisance d'où s'envole la fumée même de l'*Odyssée*, — ce sont un régal non seulement pour les yeux mais en même temps pour l'âme éprise d'eurythmie.

Et quant à cette *blancheur éblouissante* qui semble avoir frappé Stendhal, qui dira jamais tout son charme idéal et toute sa vertu philosophique ! Pourrais-je oublier ces deux petits cyprès que j'ai vus aux environs d'Aubagne ? Ils se tenaient à l'entrée d'une blanche clôture, *avec l'air d'une résignation si gaie !*

Stendhal sait goûter les grâces de la Méditerranée.

« Rien n'est propre, dit-il, et pur comme les côtes du golfe de Bandol, que j'apercevais à ma droite, en revenant ce matin à Marseille... »

Et il conclut :

« Un paysage qui reproduirait exactement cette vue passerait pour *sec* et hors de nature à Paris. »

Le railleur Stendhal ne s'y trompe point. Mais Paris n'est pas coupable. Il doit savoir à quoi s'en tenir sur la beauté. Son ciel est un miracle de finesse ; la Seine coule avec la simplicité d'un hexamètre homérique, et les bois de ses environs sont dignes de servir de sanctuaire aux Muses et à la déesse-vierge, Diane au manteau de pourpre, qui pare son épaule d'un carquois.

Moi aussi j'ai admiré le golfe de Bandol et toute cette côte aiguë. Je la préfère à la molle *Riviera*, riche en jardins où pendent les citrons d'or.

Mais que voulez-vous ? Tenez : esthétiquement le paysage attique efface tout. Cependant, ils sont nombreux, même là-bas, ceux qui trouvent que l'Hymette *manque d'arbres*.

Un jour, une Athénienne me le confessa.

— Madame, lui dis-je, j'ai l'honneur de connaître un brasseur suisse lequel partage votre sentiment.

Ce brasseur et cette belle Athénienne avaient peut-être raison, à leur manière.

APRÈS-MIDI

Les derniers rayons que cette après-midi claire d'hiver envoie à mes croisées, pénètrent jusqu'à ma table de travail. Cette lumière qui ne brûle point et qui égaie avec modération, joue un instant sur les boiseries et sur le papier des murs.

Ainsi, pour conserver sa grâce, la vie à son déclin doit flotter sur les accidents du monde, légère et transparente.

... Je suis revenu habiter, — après neuf ans bientôt, — une maison où s'écoulèrent mes heures de poésie, non les plus fortes, mais les plus pures et les plus aimables.

Il est pour le poète une douce saison, celle où la dernière fleur s'effeuille et le premier fruit commence à se nouer. Alors, le destin, qui menace déjà, empreint l'inspiration d'une gravité suffisante, tandis que l'art continue encore ses mille coquetteries.

Plus tard l'harmonie résonne profondément, mais les cordes de la lyre laissent tomber des gouttes de sang réel, qui, peut-être, font horreur aux Muses.

Si j'avais la folie d'espérer une longue existence, j'oserais me flatter de concilier un jour la Douleur et l'Art.

... L'aile de mes plus beaux rêves a frémi sous ce toit qui m'abrite de nouveau. Ils ne furent pas toujours exempts de lassitude ; mais comme ils savaient retomber gentiment sur la terre !

Je veux me plonger dans mes souvenirs, lorsque je monterai, au milieu de la nuit, l'escalier connu, lorsque je marcherai dans mon cabinet d'étude, en quête de vers, devant le brasier de coke, à la lueur de la lampe palladienne. Et quand reviendra l'automne, si je rentre un jour au matin levant, je traverserai encore le cher jardin qui est le plus beau de Paris, et je prendrai dans mes mains, comme autrefois, les belles feuilles mortes entassées dans les allées humides.

Mais je ferai tout cela par jeu, car il est malplaisant de porter le joug des émotions avec un vieux cœur dans la poitrine...

VÉRONE

On mande de Vérone que la maison des Capulets menace ruine. Ces murs, témoins de la naissance, de l'amour et de la mort de Juliette, tendre fille, vont s'écrouler : les entrepreneurs de démolitions les guettent déjà.

« On assure, — disent les journaux, — qu'un garage d'automobiles avait été installé, en ces dernières années, dans la maison de Juliette, et l'on croit que la trépidation de ces engins brutaux a pu hâter sa ruine. »

Avant ce coup de grâce de l'automobilisme, la poétique demeure avait sans doute reçu, dans le cours des siècles, d'autres blessures, moins tangibles, mais aussi cruelles : par exemple, le contact de la vulgarité morale.

Pour moi, je regarderai toujours

sans tristesse l'adversité fondre sur les plus belles choses. Je découvre en cela une règle établie fort sagement.

La légende qui s'attache à cette maison de Vérone est-elle fondée? Roméo et Juliette eux-mêmes ont-ils vécu réellement? Oh! la vaine enquête!... Qu'un passant, en sa jeune ardeur, écoute ici, par une tendre nuit parfumée, le chant du rossignol, et que cet autre, le cœur las, reconnaisse en souriant amèrement le *tirelire* de l'alouette!

Laissons aussi le touriste indifférent, qui visite l'antique maison, son Bædeker à la main, se figurer un instant, que là, dans ces salles vermoulues, un soir d'autrefois, au milieu des lumières et des fleurs de la fête joyeuse, la vue d'un jeune cavalier a fait soupirer une enfant de quinze ans, son ennemie héréditaire: « Mon unique amour est né de mon unique haine. Ah! je l'ai vu trop tôt sans le connaître, ou je l'ai connu trop tard. Amour monstrueux, qui me condamne à aimer un ennemi abhorré! »

Dans ma jeunesse s'élevait encore à Paris, au détour d'une rue déserte, une maison qui passait pour avoir servi de retraite amoureuse à un roi de France. Je n'ai pas oublié certain escalier de marbre, lézardé et moussu, qui descendait dans un vaste jardin sans arbres. Seul un grand orme restait toujours debout et continuait peut-être à donner son ombrage à l'amour : un buvetier avait installé des tables autour de cet orme séculaire.

A Bonn, sur le Rhin, je voulus visiter la maison de Beethoven. Je montai un escalier tortueux, je sonnai à une porte au fond d'un couloir plein de moisissure ; un homme aux longues moustaches tombantes, qui fumait une interminable pipe de porcelaine, vint m'ouvrir. Je n'arrivai point à me faire entendre. Je quittai le Rhin et les elfes sans avoir pu contempler l'épinette de l'illustre musicien.

. . . . .

... Nous possédons deux vieux récits italiens sur les aventures de Roméo et Juliette. Ces récits sont touchants et gracieux ; Shakespeare y puisa l'ensemble de sa pièce et plus d'un détail. Cependant, c'est au génie du poète que les amants de Vérone doivent l'immortalité : il a soufflé sur eux, il a précisé le sens de leur tragique rencontre.

Il est permis de soutenir que l'amour est de tous les âges. Mais c'est dans la première jeunesse qu'il montre une grande netteté. Plus tard, on l'a vu, certes, et véhément et terrible à l'excès, toujours mêlé, néanmoins, de quelque autre passion qui le gâte. Dans *Roméo et Juliette*, Shakespeare veut tracer un tableau sérieux de l'amour sans alliage ; il lui faut donc deux adolescents pour héros, et le malheur comme dénouement.

J'espère que mon destin ne me conduira jamais dans la ville de Vérone. Il pourrait brouiller ainsi un de mes souvenirs, le plus délicieusement coloré :

Je me tenais, — il y a longtemps, — sur un remblai où j'attendais le train qui allait d'Italie en Allemagne. Un jour d'été mourait à l'horizon calme. J'avais à mes pieds un faubourg de Vérone ; les rayons du couchant doraient une porte ou arc de triomphe ; des gens qui passaient en voiture chantaient un air ; une douceur planait. Et je me souviens que dans tout cela j'évoquais inconsciemment les Capulets et les Montaigus sur la place publique : Tybalt et Mercutio, et les domestiques et la nourrice...

Le train arriva bientôt au milieu de grands sifflements, et j'eus à peine le temps de me précipiter dans un wagon. Deux dames s'y trouvaient : l'une âgée, corpulente et haute en couleur, l'autre très jeune, blonde et languissante, avec des yeux d'un gris léger. Nous causâmes pendant que le train brûlait les rails. Elles étaient Polonaises, la mère et la fille. La mère m'offrit des sandwichs au caviar, et je tombai tout de suite amoureux fou de la fille. Cela dura jusqu'au lendemain où nous nous séparâmes. J'avais vingt ans, le cœur sensible et peu de constance...

PROMENADES

Je goûte encore, comme autrefois, un entretien mélancolique ou railleur avec les paysages des environs de Paris ; et nous savons, eux et moi, nous donner le mot sur plus d'une chose...

A la gare de L..., j'avais pris la diligence pour F... C'était par un de ces matins d'été où le soleil fait trembler l'ombre des feuilles sur la route.

Ce doux tremblement m'allait au cœur, et je ne songeais pas à me plaindre d'une forte odeur de *prise* que répandaient de hauts colis, mes seuls compagnons de voyage. Ces colis étaient destinés au prochain bureau de tabac.

Nous roulions entre deux files de ces peupliers qui sont tout grâce dans leurs corselets d'argent.

Lorsque nous arrivâmes à F..., midi sonnait à l'horloge de la vieille église juchée sur un tertre, derrière un bouquet d'arbustes à la sombre verdure.

Je m'assis pour boire, devant le seuil d'un cabaret. Un pan de mur, un peu courbé, y formait angle et protégeait contre le chaud du jour.

En face s'ouvrait une large grille, qui laissait voir une cour en contre-bas, pleine de fumier. Des poules gloussaient, un coq chanta. Un chat tigré regardait devant lui, immobile. Un beau rosier grimpait sur le mur, à côté d'une échelle dressée. Des géraniums égayaient une lucarne.

Trois ou quatre vaches vinrent devant la grille, menées par une vieille à chapeau de paille. Les bêtes allaient, roulant leurs flancs, dodelinant de leurs têtes lourdes aux prunelles olympiennes.

Des bouchers, des boulangers faisaient halte, dans leurs voiturettes, devant les maisons et les boutiques. O la belle viande, le bon quignon de pain !

Une jeune servante passa, rapide, dans un char à bancs ; assise entre des corbeilles vides, un nœud d'écarlate dans ses cheveux.

Je n'ai point entendu, ce jour-là, crier dans sa carriole le marchand de peaux de lapin, dont la voix me berçait jadis dans mes courses, de Fontenay-aux-Roses à Saulx-les-Chartreux.

... Dans l'après-midi, le mal du passé me ramena au village de R... J'entrai dans ce jardin, — mes délices ! — et je souris amèrement en voyant comme le temps y avait rendu les arbres drus, et comme il avait renforcé leurs feuillages...

... L'autre semaine, je partis pour une douce vallée, qu'illustra, au commencement du siècle dernier, le séjour d'un grand écrivain, beau ténébreux classico-romantique.

A l'auberge, des couples mangeaient et buvaient dans les kiosques et sous les charmilles. Je préférai la salle du haut où je fus seul. J'écartai les rideaux des quatre fenêtres donnant sur la route ; en face, un immense parc déployait l'écran de ses frondaisons séculaires, et je pus ainsi jouir d'une véritable pénombre verte.

Soudain des cris et des fanfares éclatèrent. C'était une bande joyeuse, en chapeaux et cocardes de carnaval, qui prenait l'auberge d'assaut. Et tous ces gens soufflaient à perdre haleine dans des buccins et des conques en carton. On eût pu les croire du cru, mais c'étaient des *fourreurs* de Paris, qui s'en donnaient à cœur joie.

Je les laissai pour regarder par une fenêtre, de l'autre côté.

Je vis une petite voiture arrêtée, là, contre la clôture du parc. Elle était attelée d'un jeune mulet qui faisait jouer ses oreilles de la façon la plus intéressante .Bien assuré sous ses œillères, l'animal prenait tranquillement sa pitance dans un sac qui lui emprisonnait la mâchoire...

Songez-vous quelquefois à l'âme des bêtes ?

... Une douce pluie trempe et enveloppe la nature.

Les ormes, les acacias, les platanes, le long du chemin ; à gauche, un enclos de pêchers et de poiriers ; plus loin, la lisière d'un taillis ; même les fusains, dans leurs caisses, devant l'auberge ; — tout semble respirer avec joie sous l'humidité.

Une maison de paysans laisse béer sa porte ; et, sur ce trou noir, je distingue frémir le réseau fin de la pluie.

Des charrettes passent ; des chiens, tout mouillés, le poil collé, rasent les murs.

De la banne sous laquelle je suis à couvert, l'eau s'égoutte en perles et vient troubler les flaques sur le sol...

... O Arcueil aux nobles arcs romains, ô Bièvre, riant village, j'aime à me promener à travers vos campagnes, et le souvenir de Ronsard vous rapproche davantage de mon cœur.

Plus d'une fois, dans le soleil ou dans l'ombre, confondant en mon esprit le présent avec le passé, j'ai foulé le rapide chemin qui dévale le long de l'aqueduc d'Arcueil. Il me souvient qu'un matin de septembre, c'est par un autre côté que j'ai gagné le village. J'ai longé les ruelles qui partent de la route d'Orléans. Il pleuvait. C'était une de ces douces pluies qui me prennent dans leur réseau léger, délicieusement.

L'eau coulait entre les pavés avec un murmure. Des poules picoraient au chant clair du coq. Le foin entassé dans les cours sentait l'humidité, et, sur le seuil des portes, des paysans silencieux regardaient dans le vide.

J'ai souvent aussi fait le voyage de Bièvre. Au temps où j'étais encore semblable au rapide fils de Pélée, je m'y rendais pédestrement, en partant de Malakoff. Quel plaisir j'ai goûté un jour au milieu de la route, à voir tomber autour de moi des grêlons, tandis que je m'abritais sous un grand arbre aux branches et au feuillage drus ! Maintenant je prends le chemin de fer pour aller me promener mélancoliquement sur la route ombreuse qui va de Bièvre à Vauboyen. Et il m'est arrivé quelquefois de rimer, tout en marchant, des vers faciles :

> Dans la vallée
> Au creux charmant,
> La Bièvre coule
> Et se déroule
> Comme un ruban.

QUELQUES SOUVENIRS

SUR

IPHIGÉNIE

C'est un après-midi du printemps de 1896 que j'ai dicté le premier acte d'*Iphigénie*, complet (je n'y ai changé depuis qu'une demi-douzaine de mots), au docte et très cher ami dont il sera encore question plus loin.

Je me souviens que je dictais presque sans reprendre haleine, et quant à mon ami, il ne se lassait pas de faire courir une plume joyeuse sur les larges feuilles d'un papier couleur de l'astre du jour.

Ce beau manuscrit finit par revenir entre mes mains, après avoir, comme Ulysse, erré longtemps.

... Il ne faut pas, à toute occasion, se prendre les tempes entre les mains, ou noyer ses pupilles dans l'infini. Ce sont là façons (moitié niaiserie, moitié ruse) de faux artistes et de faux savants.

Mais il convient, certes, que celui qui reçoit des Muses un beau présent, rende grâces au ciel, et ne se demande point comme l'insensé : *Pourquoi Dieu est-il ?*

*
* *

... Ma mémoire a toujours gardé minutieusement le souvenir des circonstances et du décor qui entourent la naissance de mes divers ouvrages poétiques.

Cette particularité — si c'en est une — atteint le plus haut point pour ce qui regarde *Iphigénie*.

Telle scène, telle réplique, tel vers isolé, ramènent devant moi du fond du passé, une multitude de petits tableaux qui se sont déroulés au milieu des heures et des saisons de ma vie intime.

Une sentence prononcée par le chœur fut composée une nuit d'hiver, en traversant un carrefour dont je n'ai point oublié le nom, tandis que la bise glaçait le poil de ma moustache.

C'est par une nuit semblable, le long d'une grille de square, que le Roi Agamemnon commença cette plainte désespérée que le grand acteur Silvain porta au comble du tragique :

C'est un ouvrage, hélas ! plein de solidité
Que la divinité
Pour notre perte tisse...

Il y a des passages cherchés longtemps et trouvés inopinément sous un bec de gaz, que je griffonnai sur un feuillet arraché, contre le battant d'une porte.

Plus d'un couplet tendre chanta à mes oreilles dans la fumée opaque d'un estaminet, au bruit des billes choquées et aux exclamations des joueurs de manille.

En revanche, sur une blanche route qui mène aux extrêmes collines du Quercy, je crus entendre que le fleuve Tarn mêlait dans ses murmures ces paroles :

Que ton âme est bien née,
Fille d'Agamemnon, tu n'as pas mérité
Ta fausse destinée,
Et qu'Artémis pour toi montre de cruauté !

C'est dans ce même charmant pays, cher à mon cœur, sur le seuil d'une ferme riante et de bon accueil, sous la belle lumière du jour, que je fis paraître devant la vierge d'Argos le vaillant fils de la Néréide.

Autour de cette ferme où je recevais l'hospitalité, une vaste étendue de prairies et de vignobles s'allongeait d'un côté à perte de vue vers l'horizon, et de l'autre jusqu'au pied d'une chaîne d'harmonieux coteaux.

A quelques pas, le long d'un pâturage où gambadaient de jeunes chevaux, une rivière poissonneuse faisait mille courbes en courant limpide sur du gravier. Pendant l'été, ses bords étroits étaient envahis par une végétation touffue d'arbrisseaux et de plantes épineuses.

Un peu plus loin, dans un petit bois de chênes-verts, il y avait moyen de suspendre un hamac et de faire la sieste en rêvant.

Comme je regrette à présent, et le grognement du cochon que les fermiers engraissaient avec sollicitude, et le cri aigu des pintades malicieuses, perchées sur les hauts arbres de la cour, qui m'impatientaient alors !

Mais le chant du coucou me fut toujours agréable, lorsqu'il se mêlait, à l'heure du crépuscule, au son des cloches rustiques ; et j'aimais, sous le clair soleil nocturne de juillet, à tenir conversation avec le grillon, après avoir largement fait honneur à l'armagnac de mon hôte.

*
* *

J'avais déjà composé un assez grand nombre de scènes d'*Iphigénie*, sans que l'héroïne elle-même eût encore parlé.

Enfin, au commencement de mars 1895, après une nuit entière consacrée au travail et au doute, lorsque parut l'aube claire, la fille d'Agamemnon fit entendre sa voix dans les scènes II et III du deuxième acte.

Cette aube fut le prélude d'une journée ensoleillée qui, pour imiter parfaitement la commune destinée, s'assombrit tout à coup de pluie, puis brilla de nouveau. Je ne me souviens pas comment cette journée finit...

Vous pensez bien que je ne tardai point de courir annoncer la bonne nouvelle à mon ami, celui dont il fut déjà question dans ces souvenirs.

Je montai quatre à quatre ses six étages et sonnai violemment à la porte. L'homme docte vint m'ouvrir tout ensommeillé. Sans y prêter attention, je me mis à crier avec ce ton de naïveté qui m'est propre lorsque je m'abandonne à mon naturel :

— Iphigénie a parlé !

Le temps était beau, mon ami partageait ma joie ; nous décidâmes de rendre grâces aux Muses par des libations suburbaines et en parcourant les bois.

Après avoir déjeuné gaîment dans une auberge de Verrières, nous fîmes une partie de billard dont les coups étaient marqués par l'horloge enrouée de la vieille église. Ensuite, en longeant un sentier, nous gagnâmes les taillis du bois. Il nous fallut grimper et lutter contre des jeunes branches qui fouettaient. Bientôt nous nous trouvâmes au beau milieu d'un carrefour d'où partaient des allées ombreuses, pleines de lumière tamisée.

Je comprends que la forêt de Fontainebleau, si colorée et si sculpturale, contente les peintres, mais ce sont les tendres bois de Verrières qui parlent le mieux au cœur et à l'esprit.

Nous n'étions plus qu'à quelques pas d'un bouchon sur la route de

Versailles, lorsque les nuées d'Aristophane commencèrent à secouer leurs humides voiles sur les cimes des arbres et sur les collines d'alentour.

Nous nous réfugiâmes chez l'aubergiste où je gagnai à mon ami douze parties de piquet consécutives, dont il fut peu satisfait.

*
* *

Le cinquième acte me ramène aux bords du Tarn et dans les vallons du Quercy. J'y ai passé vingt-quatre heures fort pittoresques chez le bon curé de C..., dans un presbytère gentiment enfoui sous la verdure.

Ce curé, jeune campagnard, simple et avisé à la fois, à qui la langue allait toujours, était lié avec mon hôte de L*** et, certain après-midi qu'il passait devant la ferme et qu'il faisait fort chaud, nous l'invitâmes à se rafraîchir.

Le verre en main, nous causâmes de mille choses sacrées et profanes. Enfin le curé nous fit une description attrayante de sa résidence :

— C'est une Tempé, nous dit-il.

Il nous engage à partir avec lui sur-le-champ, et d'y passer vingt-quatre heures.

Vite, nous faisons atteler et nous voilà tous trois roulant sur la route poudreuse. C'était en plein mois de juillet.

Après avoir traversé un pont sur le Tarn et remonté une pente, nous arrivons à La Française, bourg du Quercy, juché sur une hauteur d'où l'on découvre la plus agréable vue du monde. Le marché aux chiens de La Française attirait jadis les amateurs de fort loin; mais il paraît que ce marché est, depuis quelques années, en pleine décadence.

Nous relayâmes chez des amis du curé pour nous reposer un instant et boire de la bière mêlée de limonade, suivant la mode du pays. Puis notre voiture descendit la pente opposée et nous nous enfonçâmes dans les méandres forestiers, qui ne tardèrent point à nous conduire au presbytère de C...

Il s'élevait au centre d'un vallon riant et verdoyant.

Un véritable courtil abondant en fruits entourait la maison, et non loin du seuil, un puits, sous la garde de sa margelle, résonnait aux moindres ondulations de l'air.

L'horizon borné de ces lieux repliait l'âme sur elle-même.

Pendant que le curé nous faisait les honneurs de son habitation, en compagnie de sa grand'mère, vénérable octogénaire fort alerte, un coup de feu retentit au loin.

— Ah! ah! dit le curé avec un sourire, c'est le glas de notre lapin de garenne.

Bientôt le dîner nous fournit une explication satisfaisante de ce mystère.

Ce repas fut parfait de tout point : gai, succulent, bien arrosé. Notre hôte y avait prié quatre ou cinq de ses confrères, desservants des paroisses voisines. Il y eut aussi un Père blanc tout barbu et dégagé comme un zouave.

Nous fîmes honneur au lapin de garenne et à un grand nombre d'autres plats accommodés avec art par la grand'mère. Puis, après le café et l'armagnac, les ecclésiastiques remontèrent dans leurs cabriolets et prirent congé de nous.

Les larges ombres de la nuit étaient descendues depuis longtemps sur la campagne. Notre hôte, mon ami de L... et moi, nous continuâmes à deviser en fumant des cigarettes. Cependant, nous ne tardâmes pas à nous retirer dans nos chambres pour dormir.

Je me réveillai au gazouillis des oiseaux. Un clair soleil se répandait jusque sur mon lit.

Dehors, j'admirai de nouveau les beaux arbres, les claires eaux et toute cette heureuse retraite où le bon curé coulait des jours paisibles. Après le déjeuner, qui fut également gai et agréable, nous nous apprêtions à partir pour Montauban, lorsque tout à coup je devins sombre :

— Mais, fis-je, c'est impossible ! J'oubliais que nous sommes aujourd'hui un vendredi treize.

Le curé se mit à rire et essaya de me faire honte de ma superstition.

Je compris qu'il avait un pressant besoin d'aller ce jour-là à Montauban.

— Bon, lui dis-je, vous le voulez ! Partons, mais je vous préviens qu'il nous adviendra quelque traverse.

Nous partîmes sur la voiture de mon ami, traînée par un bon vieux cheval. Nous repassâmes le pont sur le Tarn, qui coulait impétueux, mais sans désordre. Le temps était beau : il faisait un grand soleil, fourmillant de vie.

Nous avions fait ainsi un peu moins d'une lieue, je crois, lorsque tout cet éclat, toute cette sérénité de l'air firent place, et avec quelle promptitude ! à un assombrissement voisin de la nuit. Des grondements coururent dans les nuages et une trombe d'eau s'abattit soudain. Nous eûmes à peine le temps de traverser la route pour chercher abri sous le hangar d'une maison abandonnée. C'était une de ces bourrasques d'été célèbres dans la région. Le ciel ruisselait, et la foudre nous tenait dans un cercle de flammes.

— Eh bien ! Monsieur le curé, dis-je, c'est aujourd'hui un vendredi treize.

Il se signa plusieurs fois sans répondre.

A vrai dire, il eut raison de passer outre au vendredi et au treize. Le temps se hâta de se remettre au beau et notre curé put se trouver à Montauban sans trop de retard pour ses affaires.

Je ne me moque point : au fort de la tempête, pendant que mon ami pestait et que le curé se signait à chaque coup de tonnerre, je traçais dans mon esprit tout le plan d'une scène pour le cinquième acte d'*Iphigénie*. C'est celle où il y a un hymne à Artémis, qui produisit tant d'effet sur le théâtre et qui ne se trouve point dans Euripide.

*
* *

... Depuis près de trois ans, je ne songeais plus à *Iphigénie*. Mon livre des *Stances* accaparait ma sensibilité et mon courage. Mais tout à coup, vers le milieu du mois de novembre 1899, je ressentis des remords cuisants.

Je me disais :

— Si je ne termine pas *Iphigénie* avant la fin de l'année, il faudra que je n'y pense plus !

Après cette menace à moi-même, je mis mon soin à irriter mon imagination, de telle sorte que les cinq cents vers environ qui manquaient étaient parachevés à la première heure de l'année 1900.

Je cours chez le copiste de la rue Saint-Marc et le presse de hâter la besogne. Il ne tarde pas à me satisfaire : bientôt, je reçois le manuscrit, je l'enferme dans un tiroir et n'y pense plus, jusqu'à l'été 1903, où Silvain vint m'arracher l'œuvre pour la faire applaudir à Orange et sur la scène de l'Odéon.

Tous les journaux ont loué en cette occasion le dévouement artistique de Silvain et chacun admira comme son désintéressement, son activité intelligente, surent mener à bonne fin une entreprise que le manque de temps et la pénurie des moyens rendaient malaisée.

Ah! c'était merveille de le voir nuit et jour sur la brèche, réglant la mise en scène et y revenant sans cesse afin de retoucher quelque détail, répréhensible seulement pour son expérience inspirée. Prodiguant à ses camarades ses solides conseils, sachant leur communiquer son propre diable au corps, il trouvait encore, au milieu de tout cela, le temps d'approfondir toujours davantage son rôle écrasant d'Agamemnon.

Il faudrait pouvoir conter par le menu ces héroïques répétitions, d'abord au Trocadéro, puis dans le foyer et sur la scène de l'Odéon.

Mme Louise Silvain, Iphigénie belle et frémissante, Mme Tessandier, qui est la tragédie même, Albert Lambert fils, Achille idéal que j'avais rêvé après Euripide, et Fenoux qui le suppléa sans défaillance, et Boyer, et Duparc, et les choreutes, jeune et brillant essaim, tous, malgré l'heure matinale, la distance à parcourir et la fatigue de leurs devoirs quotidiens, rivalisaient d'empressement et de zèle passionné dans un dessein où l'art seul était le prix.

Et n'oublions pas aussi la bonne grâce enjouée de M. Laurent Léon, chef d'orchestre de la Comédie-Française, qui sut adapter, pour la représentation, avec sa science éprouvée, la partition de Gluck.

TABLE DES MATIÈRES

www.ingramcontent.com/pod-product-compliance
Ingram Content Group UK Ltd.
Pitfield, Milton Keynes, MK11 3LW, UK
UKHW031922260826
14628UKWH00003B/1349

9 782013 603225